A CASA DE PEDRO

CIÇA ROCHA
ILUSTRAÇÕES: Fran Baumgarten

Literare Kids INTERNATIONAL
Brasil - Europa - USA - Japão

© LITERARE BOOKS INTERNATIONAL LTDA, 2023.
© CIÇA COCHA, 2023.

Todos os direitos desta edição são reservados à Literare Books International Ltda.

PRESIDENTE
Mauricio Sita

VICE-PRESIDENTE
Alessandra Ksenhuck

DIRETORA EXECUTIVA
Julyana Rosa

DIRETORA COMERCIAL
Claudia Pires

DIRETORA DE PROJETOS
Gleide Santos

COORDENAÇÃO EDITORIAL E REVISÃO DE TEXTO
Juliana Rodrigues e Juliana Rocha | Algo Novo Editorial

MARKETING
Dany Sakugawa | The Book Business

EDITOR
Enrico Giglio de Oliveira

EDITOR JÚNIOR
Luis Gustavo da Silva Barboza

ILUSTRAÇÕES E CAPA
Fran Baumgarten

DESIGN EDITORIAL
Lucas Yamauchi

IMPRESSÃO
Trust

Dados Internacionais de Catalogação na Publicação (CIP)
(eDOC BRASIL, Belo Horizonte/MG)

R672c   Rocha, Ciça.
        A casa de Pedro / Ciça Rocha; ilustrações Fran Baumgarten. –
     São Paulo, SP: Literare Books International, 2023.
        32 p. : il. ; 21 x 21 cm

        ISBN 978-65-5922-578-1

        1. Ficção brasileira. 2. Literatura infantojuvenil. I. Rocha, Ciça.
     II. Título.
                                                                   CDD 028.5

Elaborado por Maurício Amormino Júnior – CRB6/2422

LITERARE BOOKS INTERNATIONAL LTDA.
Rua Alameda dos Guatás, 102
Vila da Saúde — São Paulo, SP. CEP 04053-040
+55 11 2659-0968 | www.literarebooks.com.br
contato@literarebooks.com.br

AGRADECIMENTOS

Começo agradecendo a minha primeira escola emocional: minha família! E, claro, seus respectivos professores: meu pai, Aurélio, minha mãe, Tereza, meus avós e irmãos. Também meus filhos, meu enteado e meu marido, que tanto me ensinam sobre emoções.

Tios(as), primos(as), sobrinhas e toda a família: sintam-se presentes nesta lista.

Agradeço às mulheres da minha família, que se reuniam em roda nas tardes de verão no Guarujá, nas quais eu escutava as conversas e aprendia tanto sobre o mundo interno.

Agradeço a todos os profissionais que me ajudaram a olhar e cuidar da minha casa interna, desde os meus 18 anos de idade: Elisa Cattoni, Teresa Cavalcanti, Patrícia Pinna Bernardo e minha tia Nanette — que, além de profissional, é uma tia querida que me guiou muitas vezes, me ajudando a adentrar o meu mundo interno e o dos outros em inúmeros momentos da vida, inclusive na materialização deste livro.

Agradeço a todos os meus amigos e amigas que dividem seus mundos internos comigo e, ao mesmo tempo, fazem do meu um lugar mais ensolarado.

Agradeço a algumas inspirações que escuto, admiro e fazem enorme diferença no mundo das crianças, dos adolescentes e das famílias: Elisama Santos, Lua Barros, Peu Fonseca, Mariana Lacerda e Maya Eigenmann.

Agradeço à Patrícia Pinna Bernardo (de novo!) que, com seu olhar sensível e amplo, me ajuda e me guia com tanta sabedoria pelos mundos da arte e da psicologia.

Agradeço aos psicólogos e autores Renato e Marina G. Caminha, além do ilustrador Paulo Thumé. A obra *Emocionário: Dicionário das emoções* (Sinopsys Editora, 2017) foi uma grande inspiração e fonte de consulta para a criação deste livro e também na condução de meus atendimentos. Agradeço também à psicóloga Caroline Leal, que foi imprescindível para que eu voltasse a trabalhar com crianças.

Agradeço às três mulheres e profissionais que, com total dedicação, paciência e talento, foram imprescindíveis para a materialização desta obra: Dany Sakugawa, Juliana Rodrigues e Fran Baumgarten.

Por fim, agradeço à arteterapia, por me trazer de volta para mim mesma e para a escrita.

SEJA BEM-VINDO À HISTÓRIA DE UM MENINO CHAMADO PEDRO.
PEDRO ADORAVA PASSAR SUAS TARDES DE BOA NO SOFÁ, TOMANDO UM GELADO CHÁ! MAS PEDRO COMEÇOU A PERCEBER QUE ESSE "DE BOA" NÃO ERA TÃO FÁCIL ASSIM DE ACONTECER.
ELE NOTOU QUE, VIRA E MEXE, ALGUMA EMOÇÃO CHEGAVA EM SUA CASA PARA O ESTREMECER...

TOC TOC TOC.
— QUEM É? — PEDRO PERGUNTOU AO VISITANTE.
— É O MEDO!
O MEDO É GELADO, E DEIXA PEDRO DE OLHOS ARREGALADOS!
QUANDO ELE CHEGA, PEDRO SENTE-SE INSEGURO, DESPROTEGIDO E AMEAÇADO!

— PEDRINHO, SEI QUE NINGUÉM GOSTA MUITO DE ME RECEBER. MAS ACREDITE: EU EXISTO PARA AJUDAR E PROTEGER! SE, EM SUA CASA, EU NUNCA APARECER, MUITOS PERIGOS VOCÊ PODE VIVER — EXPLICOU O MEDO.

— ENTENDI, MEDO... MAS O PROBLEMA É QUE, ÀS VEZES, VOCÊ FICA MUITO GRANDE, E TAMBÉM DEMORA A DESAPARECER — DISSE O GAROTO.

— PEDRINHO, QUANDO MEU TAMANHO NÃO AJUDAR, ESCUTE O QUE VOU LHE CONTAR: ME DÊ UM CHÁ QUENTE E UM ABRAÇO. ACENDA A LUZ E VAMOS CONVERSAR. PROMETO QUE, LOGO QUE EU CONSEGUIR ME EXPRESSAR, FICO PEQUENINO E VOU EMBORA DO SEU LAR. VOCÊ VAI VER, NÃO SOU TÃO FEIO ASSIM E VOU PASSAR...
PEDRO SORRIU PARA O MEDO, E LOGO OUVIU OUTRAS BATIDAS EM SUA PORTA.

TOC TOC TOC.
— QUEM SERÁ AGORA?
— É O AMOR! — RESPONDEU O VISITANTE.

AMOR É QUENTINHO E ACONCHEGANTE, E FALA EM TOM EMOCIONANTE.
— PEDRINHO, VEJA O QUE VIM FAZER: VAMOS ACENDER A LAREIRA E FICAR BEM PERTINHO PARA NOS AQUECER!
— AH, COMO É BOM FICAR JUNTINHO! — COMEMOROU PEDRO. — DA GENTE MESMO E DE TUDO QUE NOS FAZ SENTIR CARINHO. ME SINTO PROTEGIDO, ACEITO E QUERIDO, COMO UM PASSARINHO NO NINHO!

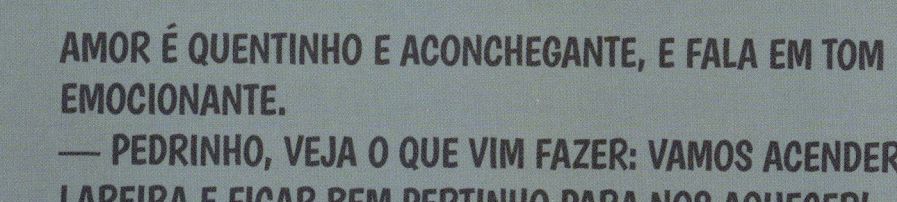

— É ISSO MESMO, PEDRO: EU CHEGO PARA AQUECER E FAZER VIVER! — CONTOU O AMOR.

— AMOR, NÃO QUERO NUNCA MAIS SAIR DE PERTO DO MEU BICHINHO... — PEDRO RESPONDEU.

— ENTENDO, PEDRINHO, MAS VOU CONTAR UM SEGREDINHO: PARA VOCÊ VIVER UM BOM CAMINHO, É IMPORTANTE NÃO DEPENDER DE NINGUÉM... NEM DE NENHUM BICHINHO! MEU QUENTINHO PRECISA ESTAR NA TEMPERATURA CERTA PARA SEGUIRMOS JUNTINHOS, ESPALHANDO AMOR POR TODOS OS CANTINHOS.

ENQUANTO PEDRO PENSAVA SOBRE ISSO, ALGUÉM BATEU EM SUA PORTA, MAS JÁ DAVA PARA VER SUAS CROSTAS...
TOC TOC TOC.
— QUEM É VOCÊ? — PERGUNTOU O MENINO.
— SOU O NOJO.
NOJO É GOSMENTO E CHEGA DE MÃOS E PÉS MELEQUENTOS.

— CREDO! JÁ ME SINTO ENJOADO... PRECISO LIMPAR ESSA SUJEIRA TODA — GRITOU PEDRO.
— PEDRINHO, ME DESCULPE. SEI QUE NINGUÉM GOSTA MUITO DA MINHA VISITA! — JUSTIFICOU O NOJO. — MAS, JURO, MINHA FALA É BONITA: EU APAREÇO PARA PROTEGER VOCÊ DE COISAS E PESSOAS QUE FAZEM MAL AO SEU SER!

— MAS VOCÊ É MUITO NOJENTO!
— AH, ESSE NOJO TODO TEM UM PORQUÊ. AFINAL, NÃO SOU RABUGENTO! É PARA AFASTAR VOCÊ DE COMPORTAMENTOS QUE FEREM REGRAS SOCIAIS E OS SEUS IDEAIS!
— SABE O QUE É, NOJO? ÀS VEZES CANSA LIMPAR, LIMPAR E LIMPAR...
— ENTÃO, PRECISAMOS VERIFICAR. SERÁ QUE ESTOU DO TAMANHO ADEQUADO OU DE TAMANHO EXAGERADO?

PEDRINHO AINDA REFLETIA SOBRE O ASSUNTO QUANDO OUVIU OUTRO VISITANTE BATENDO, DESSA VEZ EM SUA JANELA.
TOC TOC TOC.
— QUEM VEM LÁ? — ELE QUESTIONOU.
— SOU A TRISTEZA. — VEIO A RESPOSTA.

TRISTEZA NÃO GOSTA DE COR NEM DE LUZ. ELA CHEGA FECHANDO O TEMPO E AS JANELAS, E NÃO QUER PERTO NEM O VENTO!

— NOSSA, TRISTEZA, VOCÊ É TÃO DEVAGAR QUE NÃO DÁ MUITA VONTADE DE ANDAR. POR QUE ESSA CHUVA INSISTE EM TE ACOMPANHAR? — PEDRO PERGUNTOU.
— EU VENHO SEMPRE COM ELA AO LADO! É PARA ALERTAR NOSSOS AMIGOS E FAMILIARES QUE ESTAMOS PRECISANDO DE UM OLHAR DIFERENCIADO — TRISTEZA EXPLICOU.

— É... QUANDO VOCÊ CHEGA, EU ME SINTO DESVALORIZADO, ESQUECIDO, DESCONSIDERADO OU PERDENDO ALGO...

— EU SEI, PEDRINHO, MAS PRECISO FICAR ATÉ VOCÊ ESCUTAR! ENTENDA: NO FUNDO, EU SÓ QUERO AJUDAR. ESTOU AQUI PARA TE FAZER PENSAR, REFLETIR E MELHORAR.
— MAS E QUANDO VOCÊ FICA TÃO GRANDE E PESADA QUE NÃO CONSIGO NEM PENSAR EM NADA?
— QUANDO ISSO ACONTECER, PEDRINHO, LEMBRE-SE DE RESPIRAR, RELAXAR E CHAMAR ALGUÉM DE CONFIANÇA PARA CONVERSAR! ASSIM, VOU DIMINUINDO DE TAMANHO, CONSIGO CUMPRIR MINHA MISSÃO E SEGUIR POR ESSE MUNDÃO!

OI, VÓ, ME SINTO TRISTE! VOU CONTAR O QUE ACONTECEU...

PEDRO PERCEBEU QUE, ENQUANTO CONVERSAVA COM SUA AVÓ, A CHUVA DIMINUÍA DE INTENSIDADE. E ASSIM, QUANDO DESLIGOU O TELEFONE, VOLTOU PARA SUA POSIÇÃO FAVORITA: DE BOA NO SOFÁ COM SEU GELADO CHÁ. MAS, DE REPENTE, ALGUÉM BATEU EM SUA PORTA E, DESSA VEZ, FOI COM O PÉ!
TOC TOC TOC!
— ESPERE AÍ, QUEM É VOCÊ?
— EU SOU A RAIVA!
A RAIVA É QUENTE E VERMELHA E, ASSIM COMO AS OUTRAS VISITAS, TEM UM RECADO PARA FALAR NA NOSSA ORELHA!

— EU SEI, EU SEI. PAREÇO UM VULCÃO E NINGUÉM GOSTA MUITO DE MIM NÃO! POSSO FAZER UM BARULHÃO, MAS É PARA ALERTAR QUE ESTÁ NA HORA DE SE CUIDAR OU DE ABRIR CAMINHO ATÉ UM NOVO LUGAR — RAIVA EXPLICOU.
— AH, RAIVA, JÁ APRENDI! — COMEMOROU PEDRO.— QUANDO VOCÊ CHEGA É PORQUE ESTOU ME SENTINDO INJUSTIÇADO, AGREDIDO OU OFENDIDO, CONCLUÍ AQUI!

— EXATAMENTE, PEDRINHO, POR ISSO PRECISO VIR! SOU A FORÇA PARA PROTEGER CONTRA QUEM NOS ATACA, DESRESPEITA OU INVADE NOSSOS LIMITES. É SÓ OLHAR A PLACA.

E A RAIVA CONTINUOU: — MINHA FORÇA AJUDA TAMBÉM QUANDO PRECISAMOS DAR UM PULO ALTO PARA ACESSARMOS UM NOVO LUGAR NO ASFALTO.

— EU SEI, RAIVA... MAS ÀS VEZES VOCÊ CRESCE DEMAIS E DÁ VONTADE DE SAIR BATENDO CADA VEZ MAIS! — DESABAFOU PEDRO.
— É VERDADE, PEDRINHO... MAS PRECISAMOS APRENDER A NOS PROTEGER SEM OFENDER NEM BATER. VOU FALAR BEM BAIXINHO PARA NÃO ESCUTAR NENHUM VIZINHO: EU PRECISO DE AR! QUANDO ENTRAR VERMELHA, SE VOCÊ SE SENTAR COMIGO E RESPIRAR PROFUNDO E DEVAGAR, VOU ESFRIANDO ATÉ DIMINUIR DE TAMANHO E NÃO FAZER MAIS BARULHO NO SEU LAR.

PEDRO AINDA ESTAVA MEDITANDO QUANDO OUVIU:
TOC TOC TOC.
— TEM MAIS UMA VISITA POR AQUI?
— SIM, SOU EU, A ALEGRIA!
ALEGRIA É COLORIDA E GOSTA DE CONVERSAR.

— PEDRINHO, É HORA DE ABRIR AS PORTAS PARA PESSOAS QUERIDAS PODEREM ENTRAR! VAMOS DANÇAR, CANTAR E BRINCAR! — ALEGRIA FALOU ENQUANTO DANÇAVA.
— ALEGRIA, ALEGRIA! QUANDO VOCÊ CHEGA ME SINTO SATISFEITO, VALORIZADO, ACOLHIDO E PRESTIGIADO! — DISSE PEDRO, COM UM GRANDE SORRISO.
— EU SEI DISSO, PEDRINHO, E VOU TE CONTAR UM SEGREDINHO: VOCÊ SABIA QUE EU SOU TAMBÉM UMA FORMA DE EQUILÍBRIO?

— COMO ASSIM EQUILÍBRIO? — QUESTIONOU O MENINO, CONFUSO.
— CONTRA AS VISITAS QUE NÃO GOSTAMOS MUITO DE RECEBER... EU AJUDO A MANTER NOSSO MUNDO SAUDÁVEL, UNIDO E GOSTOSO DE SE VIVER!
— ALEGRIA, E QUANDO EU SENTIR SUA FALTA, COMO FAÇO PRA VOCÊ APARECER?
— EU COSTUMO APARECER ENTRE FAMILIARES E AMIGOS, MAS É BOM TAMBÉM CONHECER TUDO O QUE NOS DÁ PRAZER!

PEDRO E TODAS AS EMOÇÕES SE SENTARAM JUNTOS PARA CONVERSAR SOBRE O QUE HAVIAM VIVIDO NAQUELE DIA. ALEGRIA, COM UM ENORME SORRISO NO ROSTO, EXPLICOU PARA PEDRO:
— PEDRINHO, TEM MUITAS OUTRAS VISITAS NA NOSSA CASA, MAS ESTAS SÃO AS PRINCIPAIS. E COMO TODA VISITA, PRECISAMOS CONVERSAR E ENTENDER O QUE VIERAM FAZER EM NOSSO LAR. LEMBRE-SE SEMPRE DO MAIS IMPORTANTE, PARA QUE ELAS NÃO FIQUEM DO TAMANHO DE UM ELEFANTE: PARA EQUILIBRAR, PODEMOS RESPIRAR, RELAXAR E CONVERSAR.

RESPIRAR

RELAXAR

CONVERSAR

— LEGAL, EU POSSO EQUILIBRAR! OBRIGADO PELAS VISITAS! — AGRADECEU O GAROTO.

— VOU DEIXAR TAMBÉM UMA LUPA PARA VOCÊ SEMPRE INVESTIGAR SE ESTÃO DE UM TAMANHO ADEQUADO, EXAGERADO OU SE ESTÁ FALTANDO ALGO — COMPLETOU ALEGRIA.
— MUITO OBRIGADO, ALEGRIA! QUERO OLHAR BEM DE PERTINHO.
— E UMA ÚLTIMA COISA, PEDRINHO: SE ALGUMA VISITA SE INSTALAR E DEMORAR MUITO A PASSAR, É IMPORTANTE CHAMAR UM ADULTO DE CONFIANÇA PARA AJUDAR.

FIM!

Olá! Meu nome é Cecília Rocha, mas desde pequena me chamam de Ciça. Sou psicóloga, arteterapeuta e autora deste livro. Tenho especialização em TCC (Terapia Cognitivo Comportamental) e Mediação de Conflitos e atuo há mais de dez anos atendendo famílias, crianças, adolescentes e adultos.

Desde criança, me pegava tentando entender os sentimentos dos outros, a força dos meus, os mistérios da vida e o sentido dos caminhos que seguimos. Hoje, aos 45 anos, mãe de dois filhos e um enteado, percebo que essa jornada poderia ter sido menos desafiadora.

Talvez por isso, o objetivo principal do meu trabalho e a minha maior motivação de vida seja proporcionar um caminho mais fácil para as pessoas. Acredito que, por meio dos livros, das histórias e da arte, podemos tornar esse caminhar mais leve. Afinal, conhecimento é poder!

Então, atualmente — além de atender crianças, adolescentes, adultos e famílias —, crio cursos, livros e materiais que possam ajudar as pessoas em suas jornadas, trazendo recursos que facilitem essa caminhada — e este livro é um desses frutos.

Que nossas crianças possam conhecer desde pequenas as emoções. Que possam criar intimidade com elas e seguir pelas estradas da vida de maneira mais tranquila e confiante.

É o que sempre digo: um mundo melhor começa em casa. Obrigada por entrar na casa de Pedro. Agora, convido você a fazer de sua casa interna um lugar melhor!

FALE COM A AUTORA

 contato@cicarocha.com.br

 @ceciliacicarocha

Conheça também o caderno de exercícios

Como começar a ser amigo das suas emoções!

Vamos ajudar Pedrinho a identificar as emoções que visitam a sua casa interna. Circule a emoção que você acha que visitou o nosso amigo na situação abaixo:

Hoje foi tão legal e eu me senti muito satisfeito! Meus amigos vieram em casa e brincamos muito!

Exatamente: a Alegria! Agora, use o espaço abaixo e escreva ou desenhe sobre o momento em que você sentiu mais alegria esta semana.

Para se divertir com várias outras atividades, acesse:
https://cicarocha.com.br/cadernodeatividades